地瓜最後的獨白

——陳福成長詩集

陳福成著

文學叢刊

文史哲出版社印行

國家圖書館出版品預行編目資料

地瓜最後的獨白：陳福成長詩集 / 陳福成著.
-- 初版 -- 臺北市：文史哲出版社,
民 110.05
頁； 公分. --（文學叢刊；435）
ISBN 978-986-314-552-3（平裝）

863.51　　110007239

文學叢刊 435

地瓜最後的獨白

——陳福成長詩集

著　者：陳　福　成
出版者：文史哲出版社
http:// www.lapen.com.tw
e-mail：lapen@ms74.hinet.net
登記證字號：行政院新聞局版臺業字五三三七號
發行人：彭　正　雄
發行所：文史哲出版社
印刷者：文史哲出版社
臺北市羅斯福路一段七十二巷四號
郵政劃撥帳號：一六一八〇一七五
電話886-2-23511028・傳真886-2-23965656

定價新臺幣二四〇元

二〇二一年（民一一〇）七月初版

ISBN 978-986-314-552-3　10435

序（緣起）：地瓜最後的獨白

說地瓜
即非地瓜
是名地瓜

說起我們地瓜一族
因為卑賤
生命力旺盛
繁衍得整個宇宙間到處有
我們這塊地瓜
就是地瓜島上的地瓜

位在神之州的邊陲地帶

雖處於邊陲
地瓜族很清楚自己的前世今生
乃至是自己的天命

說說我們這塊地瓜的來頭吧
其實我們地瓜與人類
蟲魚鳥獸等，都是遠近親戚
你可能不相信
地瓜和三葉蟲、恐龍、古魚龍等
都曾是一家人
同一個祖先
若要再追本溯源
第一個祖先從何而來？

這要從盤古開天闢地開始
盤古氏之後
開始有眾生的演化

地瓜的演化
始於三千萬年前
從神之州的東海岸深處誕生
所以地瓜至今也算
萬歲萬歲萬萬歲

地瓜雖有深厚歷史淵源
惟天生低調
常處於弱勢
族群很多而常有苦難
幸好，地瓜了知天命

逆來順受
但地瓜也有自己的個性
自己的思想
也有權利表達自己的愛恨情仇
乃至國仇家恨吧
尤其就在地瓜將取得西方極樂世界
公民之簽證前
是這一世最後的機會
能不留下最後的獨白乎？

宇宙萬物
有生便有滅
地瓜島上所有地瓜當然也是
在不久的未來
因地球暖化

海水上漲
加上地瓜島上眾多惡靈、異形所造的業
導至地瓜島將回歸大海
沒入海洋
在地瓜沈入大海之前
一個地瓜以史官的精神
寫下最後的獨白
引佛陀所言為總結曰：
一切有為法，如夢幻泡影
如露亦如電，應作如是觀

一個生長在神之州東海岸地瓜島上的地瓜，
法名本肇居士、俗名**陳福成**
誌於佛曆二五六四年、西元二〇二一年春節

地瓜最後的獨白：陳福成長詩集

目 次

附　錄：神之州絕美勝景簡介

第一部　地瓜最後的獨白

The Global
500
2009/10/09

1、地瓜誕生後

宇宙各世界
三界二十八重天
各世界的所有物種
有哪個物種的歷史會記載地瓜
或叫甘薯的歷史
沒有，絕無可能
所以我得自己寫歷史
誰叫我只是一個地瓜
萬物中極為低賤的物種
只拿來養豬

或被人丟來丟去
我從無始之始誕生
長成一個小島狀
有誰的記憶
可以回顧我苦命的一生
關於我……
大家都把我忘懷
忘了地瓜的誕生
選擇性忘記
或演化使然
從演化開始
你就生長在這裡
四周都是空虛的海天
久遠以來

我們這些地瓜族在這裡被放生
放生也好，自由自在
地瓜和土地
有天生的親密關係

在這南蠻邊陲
天高皇帝遠
當地瓜有最大的好處
就是不值錢
不值錢，皇帝就不管了
誰會管地瓜

全宇宙都不管地瓜
然後，地瓜心裡有數
地瓜再笨

也知道自己是地瓜
我是誰？就是土裡土氣的地瓜
再土的地瓜
也有地瓜的想法
甚至是地瓜的志氣
一想到這裡
地瓜胸中開始有了熱度
四周土壤似乎也升溫了
一顆心為何冰冷呢？
用火熔冰吧
我的左鄰右舍都是一群冷冰冰的地瓜
地瓜和地瓜之間
只會殘酷嘲笑
這只能說，地瓜就是地瓜
沒出息

生為地瓜
內心很複雜
表面都那麼冷漠
冷漠是我們身為地瓜的本質
地瓜就是地瓜
無力反擊
只能忍耐
就當是對眾生的憐憫吧
憐憫那些強者
無為、不爭應是地瓜的形像
也是宿命
不敢有為，無爭之力
就過著地瓜的日子
別管天下，無視叢林

地瓜吃著自己的地瓜飯
瞇起眼睛
北看神州，在裊裊的紅羊煙霧中
主人自身不保
何以保地瓜
倭人退化成妖魔
主人打了敗仗
只好把地瓜送給倭鬼
其實倭鬼胃口很大
一個地瓜哪能滿足
當點心還不夠吃

我是誰？現在我越來越迷惑
我還是地瓜嗎？
是誰的地瓜？強者的？或弱者的？

我甚至懷疑自己的地瓜品種
懷疑自己的基因
是炎黃的？或是天皇的？
我把耳朵貼在大地上
聽不見大地的心跳
聽不見自己的心跳
地瓜死了
一個死地瓜和爛地瓜有何差別？
行屍走肉、浪費糧食
無意義的日子，一年過一年
百年如一年也過了
這最後的獨白
想必也是無人聞問
因為你就是一個甘薯

2、地瓜想飛

說地瓜想飛
真是騙死人不償命啊
別說人不相信
豬也不相信
但地瓜不能不相信自己
自己就是想飛是真的
是「想」而已

想歸想，現實裡
仍得服從命運

到底是命運來敲門
還是地瓜敲了命運的門？
都不重要
命運已將刀架在頸子上
兵艦開到門口
而地瓜們手無寸鐵
能不服從命運乎
我說的是一八九五年時
主人和倭鬼打架
虛胖又多病的主人不堪一擊
兩下就投降了
只好把地瓜送給倭鬼
從此以後的幾十年
這地瓜島上所有地瓜
全歸倭鬼所有

任由倭鬼吃、殺，享用！
地瓜雖然想飛
飛到一處安全的地方
卻無處可飛
四週空間全被封死
只得任由倭鬼吃
不管牠們要吃什麼
任由他們吃

說起倭鬼吃相真難看
真相是很殘暴
沒辦法！倭鬼就是倭鬼
倭鬼的大頭目自稱是「天皇」
真是對天最大的污辱
天皇，不，是倭皇吧

最愛吃美美的地瓜
美美又年輕的地瓜更是最愛

說你不相信
我們地瓜雖看起來土土
一樣有帥哥美女般的地瓜
在雌性地瓜中
有閉月羞花地瓜
有沈魚落雁地瓜
有回眸一笑地瓜
這些算是特級品地瓜
必須從未開封
全部都要送到倭皇的後宮
據聞，倭皇每晚要吃一個特級品地瓜
採陰補陽

若放假日，一天要吃好幾個
但每一個地瓜只享用一次
就丟給底下的大將們享用
東條英機、三本五十六……
廣田宏毅、土肥原賢二
鬆緊石跟、木村冰太郎
板垣征四郎、武騰章
松崗洋石……
永野修身……
陸海空大將都有得吃
有問「次級品」地瓜做何用？
大家要知道
有數百萬校、尉、士、兵
個個都要吃地瓜
所以那次級品、再次級品

在倭鬼統治的幾十年中
無數地瓜被送到倭營
少數勇於抗拒、欲保名節者
全被先姦後殺

再說雄性地瓜吧
處理起來就簡單多了
乖乖聽話的地瓜給牠某種特權利益
如買賣茶葉的特權
地瓜賣茶葉
很威風吧
當走狗有什麼關係
走狗比地瓜值錢
身強力壯的地瓜
全部送到南洋打仗

這些地瓜都有去無回
活該！誰叫你是地瓜
還有一些反抗意識濃厚的地瓜
全部殺掉，一個不留

這就是地瓜的命運
吃地瓜的倭鬼越吃越爽
地瓜越來越憔悴
痛苦指數越來越高
地瓜生出來的地瓜
越來越變種
但不管變成什麼物種
渴望飛上自由的天空
應是自然法則
所以現在的地瓜

雖然還是困居地瓜島上
很多已長出夢的翅膀
飛到主人的神州天空
現在主人已非往昔的虛胖多病
主人不僅已經強起來
且不久會成為世界盟主
倭鬼和美帝
更已開始感到恐懼
看來地瓜要轉運了
這是地瓜的夢
有夢最美
有夢起飛就可以滿足了

3、地瓜的愛恨情仇

地瓜雖土
也讀過幾天孔孟詩書
讀聖賢書，所學何事？
都說無論如何
心中不該有恨，不該有怨
但我不該恨倭鬼嗎？
恨自己是當然啦
而主人也有很多不是
打輸了牌就把地瓜讓了
和倭鬼打架輸了

就把地瓜送了
說到底是主人不行
地大物博，卻不長進
除了引來倭鬼入侵
更引起宇宙中所有邪惡物種
都到神之州
撈取所要的好料吃
地瓜對主人不能有怨嗎？

好吧！
讓我表現一點愛意
我把自己釀成地瓜酒
地瓜酒把地瓜灌醉
一醉解千愁
醉茫茫時

無怨又無恨
在地瓜島上漂流

我和我的地瓜朋友們
邊漂流邊醉茫茫
這便是現在地瓜的日常生活
不思不想
也不相互懷念
在地瓜島上待著
當一個道地的地瓜
地瓜不能一直醉茫茫
有時地瓜醒來
那些怨恨，愛恨情仇
也醒了
彷彿是醒在一八九五年

那時，我們正做著地瓜夢
地瓜夢
和許多人家的夢一樣
希望有愛
期待成家立業
生出很多地瓜
地瓜滿堂
每個雌地瓜、雄地瓜
都是帥哥美女
一對對地瓜情侶
在愛河初吻
在濁水溪畔留連
生活平淡，只是
種地瓜或生地瓜

就這樣，地瓜夢
一點也不偉大
不敢偉大
這是地瓜的愛、地瓜的情

地瓜內心純潔
思想單純
與人無仇
地瓜只有一點小小的願望
如果有選擇
地瓜只想和主人永遠在一起
雄居東亞
抬頭挺胸走在地球上
內心沒有小島的悲情
反而有幾分「自大」

這是地瓜唯一可以「大起來」的方法
若離開了主人
另立乾坤
我便什麼也不是
地瓜可能也當不成地瓜
成為海上的漂流物
所以主人是我的母體
我的活水源頭
若有人要搞分離主義
割裂地瓜的活水源頭
那便是地瓜的仇人
這是地瓜唯一的仇

地瓜有愛恨情仇不對嗎？
不該嗎？

你沒有愛恨情仇嗎？
大家都說
「歷史是勝利者書寫的」
像地瓜這樣的物種
簡直是永遠沒有機會寫歷史
所以地瓜要把握最後的時光
留下最後的獨白
這至少也是地瓜的歷史
而且比勝利者寫的
真誠又真實多了
歷史必須以真實事物為基礎
不是嗎？
地瓜的愛恨情仇
應該就是歷史中的正史

地瓜的愛恨情仇多又複雜
但加以簡化濃縮
可以是一部「被霸凌史」
自從數百年前
地瓜有知覺以來
就一直被霸凌
西洋歐鬼、東洋倭鬼……
輪流霸凌地瓜
數百年地瓜史是一部血淚史啊
你說地瓜能無怨無恨嗎？
能無怨無仇嗎？
心中能有一點愛、一點情
已是難能可貴

當然地瓜會自我勉勵

盡可能放下
當一個有愛心而少怨仇的好地瓜
但說到底
打開天窗說亮話吧
眾生的愛恨情仇無限多
自古以來，強凌弱，眾暴寡
根本就是叢林法則
地瓜被霸凌時
叫天天不應，呼地地不靈
各大強權只顧著吃
吃肉、吃地瓜
地瓜也習慣了，你們吃吧！
吃死一個少一個
地瓜就可以少一些苦難
沒了苦難

也許就沒了愛恨情仇吧！

地瓜雖是低賤的物種
我族也有自知之明
當下必須低調
把愛恨情仇全部收藏起來
因為四周有強大掠食者
個個虎視眈眈
一不小心地瓜就屍骨不存
低調再低調，我們不存在
沒有愛恨情仇

4、祈求！命運！祈求！

宇宙間有許多民族
都有名有姓
我們地瓜族也是
可是，為什麼？
為什麼大家都說沒有地瓜族
我們祈求全宇宙各民族
大家有點正義感吧
為我們正名
我們就是「地瓜族」

這麼多地瓜在地瓜島上生活了幾百年
乃至幾千年，怎會沒有地瓜族
我們最後一次祈求
祈求正名我們是「地瓜族」

我曾經也祈求天
祈求地
祈求眾神
祈求宇宙所有的強權
同情地瓜族吧
地瓜也是眾生
大家用眼睛看看苦難的地瓜族
逃難的地瓜
逃難不成沈入大海的地瓜
面黃肌瘦的地瓜小孩

或隨便看哪一個地瓜鄉村
冷落的田野
只有北風的哭聲
好像是對地瓜的詛咒
詛咒了數百年也該夠了

所有聽到地瓜祈求之各造
都當耳邊春風
春風也有溫柔的回應
地瓜絕望
從此不再祈求什麼
是地瓜無能
地瓜太服從命運
我無權祈求你們的饒恕
地瓜就是地瓜

善良得不會造反
只好思考有一天地瓜族都死了
墓誌銘就這麼寫：
地瓜族雖無豐功偉業
從未霸凌過任何生靈
也算對眾生有貢獻
對世界有付出
我們手上和心上
不曾沾著同類的鮮血
甚至仇人、敵人的鮮血
也沒有

命運！
是命運！
或者不是命運

再也不祈求命運
問天、問地、問神
會怎麼說
看看自己的長像
頭尾尖尖、中間肥腫
天生就是地瓜命
證明命運是科學的
科學又怎麼樣？
科學是給人驗證的
或推翻的
所以，地瓜為什麼不能對命運
再反叛一次？
革命是不行的
造反對地瓜很不利

若什麼都不想
什麼都不做
生活在地瓜島也可以很幸福
三餐地瓜吃得飽飽
把命運放逐吧
去他媽的狗屁命運
地瓜可以活得很自在
別想得到關愛的眼神
誰會留心大地裡一顆土土的地瓜？
誰會記得地瓜葉上一圈水中的水滴滾落？
誰會知道地瓜姓啥、名啥！
誰能阻止一朵雲飄來？
誰能叫一陣雨馬上停？
天要下雨
娘要嫁人

誰能叫他們都改變心意？

地瓜也會成長
成長過程中慢慢得到學習
祈求自己，不再祈求
無求品自高
隨順命運就是隨緣
地瓜的天性
本來就是很隨緣的物種
看看地瓜生長的環境
土地不很肥沃
主人也不太照料
隨便種
地瓜就長得肥肥壯壯
還要正名什麼？

還要祈求什麼？

在成長學習的過程中
地瓜也發現一個祕密
祈求的越多，被打壓的越兇
地瓜的災難越大
有一陣子
我們到國際上吶喊
差一點被兩個大哥割成兩半
分屍了
真是太可怕了
若持續吶喊下去
地瓜不敢想像會有何樣災難
最大的可能是
一陣可怕的大火把地瓜燒成炭

命運也是
越是反抗命運，越是
死得越慘
認命不對嗎？
認命至少可以活著
而且活得快樂
所以地瓜一定要學會認命
地瓜就是地瓜命
這是很自然的
地瓜就是地瓜
地瓜不是蘋果、不是上將梨
不是水蜜桃、不是……
這樣說地瓜就懂了
明白了

5、永冬，地瓜的冰河時代

據我們地瓜族所知
宇宙各世界
基本上都是有四季的
冬冷夏熱都是正常
說夏天很冷便是反常
這事必有因

地瓜要說的是一八九五年後
地瓜島上很長的時間
至少很多年

不僅冬天嚴寒
春夏秋三季更是極為凜冽
就像北極永冬
這當然是倭鬼來了
倭鬼任意殺害我們地瓜族
無數地瓜被屠殺
人心苦寒啊！
當然，也有很多「有用」的地瓜
不會被殺，如
閉月羞花地瓜
沈魚落雁地瓜
回眸一笑地瓜
這些特級品地瓜
被送到倭國天皇，不
是「倭皇」的後宮

給倭皇採陰補陽
倭皇用過再丟給陸海空大將
東條英機、三本五十六……
岡村寧次、梅津美治郎
平沼騏一郎、小磯國昭
東鄉茂德……
白鳥敏夫……
等等，享用，直到成為廢品
其他次級品等
給各級軍士享用
或當慰安婦
還有，強壯的雄性地瓜
送到南洋當砲灰
其他可以存活的地瓜

在永冬的險惡環境掙扎、掙命
這是地瓜的冰河時代
苦寒的島嶼
苦寒的海風
苦寒的人間煉獄
許多地瓜見證過
這場人造永冬的來臨和經過
任何時刻望出
都是蒼白刺骨的嚴寒
大地蒼白的可怖
世界已是全面冷血
地瓜呼救無門
天地不應
地瓜為了活下去
在險惡的環境裡喘息著

大家掙相吸一口氣
吃一口地瓜飯
苟全性命於冰河時代
不求好過於倭人竊據
當一個有風骨的地瓜
這是少數地瓜
可敬可佩的地瓜
讀過孔孟詩書的地瓜
他們知道
讀聖賢書，所學何事！
有了這個信念
定能挺過這場人造的冰河時代

我是一顆地瓜轉世的地瓜
轉世的時候

忘了喝孟婆湯
所以那永冬的夢魘
永在我心
我清楚的記得某晚
行走在荒涼的地瓜島上
為撿拾一個可以充飢的地瓜
突然聽到烏鴉
啊、啊、啊，連叫三聲
我知道可怖的事要發生了
接著是
多個倭人的浪笑和叫罵聲
還有一個雌性地瓜的呻吟哀求聲
我也知道不遠處
發生了什麼事
但我快速把自己隱沒於黑暗中

我恨自己
沒有去救那個地瓜
她是一個好地瓜
甚至年輕美麗的地瓜
這種事在那冰河時代
總是經常發生
所有的地瓜
不論性別，人人自危

茫茫地瓜島上
人造的狂風捲起人造的雪崩
肆無忌憚的
肆虐著所有的地瓜族
地瓜島上所有的神
土地公、三公、媽祖、關聖帝君……

全都不在廟裡
眾神去了哪裡？
不知道
最大的可能是逃難回了神州祖廟
眾生有難就想回家
想家裡的父母祖輩
神也是吧

為什麼眾神去神州避難？
因為倭鬼竊據了地瓜島後
島上眾神都被掃地出門
宮廟裡坐鎮的
是倭人的神道信仰諸神如
神皇產靈尊、天照大神
八幡神……等等

甚至是天皇，不——
是倭皇的死像
這些全是倭鬼的邪魔惡道
這些倭神也給全人類眾生製造無窮災難
給地瓜族的災難
比長江黃河沙還多
給神州眾生的災難
大如宇宙
真是罪惡！罪惡！
倭人倭神未來必受因果報應

可憐的地瓜族
在永冬如永夜的苦寒中求生
身體四週灌滿了冰
行動困難

大地都凍死了
死凍著眾生
天空流下的淚
凍成一把一把刀劍
刺入地瓜的心臟
在暗黑的永夜
地瓜期待有一絲亮光照來
但，太陽始終不現身
月亮和星星們
也都逃難去了
剩下一些微弱的氣息
在地瓜胸中一絲一絲的熄滅

地瓜在地瓜島上
時而生、時而死

昏昏沉沉的生活過一代又一代
有的地瓜皇民化了
有洋化了
有妖魔化
有被收買
大多尚未變質
尚是原來的地瓜種
現在我有些清醒
我是原來的地瓜

永冬仍持續著
這是宇宙演化史上規模最大的
人造冰河時代
嚴寒，冷冽考驗著所有地瓜
所有地瓜都被凍成

一條條凍地瓜
我被黑暗包圍
我不為所動
以最低調的身段活著
存活率最高
這是地瓜族在千百年生活經驗中
所得之寶訓

久遠以前
有個超大的強權
可以說是地球上唯一的「一超」
他們是統治地球一億多年的恐龍族
他們夠厲害強大吧
現在的美帝只夠幫他們提尿桶
提皮包、當走犬尚不夠格

但，結果怎樣？
災難來臨時
最強大、次強大物種
全部死光光
絕種了
而多數的弱小
存活下來

地瓜族明白這種生存法則
加上地瓜生性卑賤
不論在何處
都是謙卑、謙卑、再謙卑
處於眾中時
我們卑卑毋甚高論
各物種比身價時

我們卑卑不足道
這樣地瓜們才能活得最久
活到倭鬼死光光
妖獸死光光
我們地瓜族還活著

只是當前
地瓜的冰河時代仍持續著
我們只有忍耐、低調
在凜冽的世界找尋活路
等待倭鬼滅亡
或有一天主人強大了
地瓜便得救

6、地瓜壯遊神之州（附件註）

地瓜看起來雖然笨笨的
大家都這麼說
我們也是這樣認為
說到底的真相
天性有關
大半為配合生存環境的需要
不得不「大智若愚」
但無論多笨
由於基因、血緣和傳統文化的關係
地瓜也知道自己是

如假包換的龍的傳人
看官理解嗎？
地瓜是龍的傳人
神之州是所有龍傳人的祖居地
生生世世龍子孫的生存發展壯大的基地
這是許多地瓜從小知道的事
絕大多數的地瓜
一生都困居在這神州邊陲的地瓜島
只有極少幸運的地瓜
有機會壯遊神之州
筆者有幸和一群地瓜
就是阿花、阿枝、阿狗、阿貓等
都是地瓜，共遊神州
人生苦短，瞬間即逝
我利用這最後的獨白

將所見神州之美麗和壯闊
略為簡述
給後世地瓜子孫
還有所有的地瓜
都能知道自己列祖列宗
所居神州之壯美

珠穆朗瑪峰
抬頭望之恍若夢幻的女神之峰
貢嘎山是蜀山之王
神仙雕琢於雪域高原上之神山
柏格達峰是天山明珠
三峰並起直沖雲霄之雪海
雲之南有梅裡雪山
三江並流連綿十三峰之佛子聖地

東岳泰山五嶽獨尊
為我龍族精神文化縮影之聖山
天下奇險第一是西嶽華山
我等在此晉謁西嶽大帝

秀麗瑞莊峨眉山
見萬盞神燈朝普賢菩薩
到五台山聽文殊菩薩講經說法
期待龍華盛會大家來
三三秀水、六六奇峰是武夷山
輕盈飄渺間見玉女峰亭亭秀美彩姿
佛、道和理學藏廬山
天下奇雲在廬山，每日奇雲來繚繞
長白山天池是三江之源
仙女溫泉和神秘生靈引迷思

新疆天山天池古稱「瑤池」
西王母在此宴請周穆王
五方佛的化身在納木錯
繞湖行功德無量

龍族最大內陸湖是青海湖
斑頭雁和魚鷗在此建國
一到喀納斯湖，湖怪來迎客
藍綠紅橘變湖色
蘇東坡和白居易仍住西湖
白娘娘和許仙現在開飯店拼經濟
茶卡鹽湖真的看到海市蜃樓
鹽中之寶給龍族食用四千年
肇慶星湖看到黃帝鑄的鼎
石室藏奇、水月岩雲千年看不盡

洱海是白族的家園
三島四洲、五湖九曲如仙境
漓江之美如詩畫幻夢
灘潭飛瀑奇峰倒映如神仙的家園

塔里木河是水上迷宮
無疆野馬在綠色走廊奔馳
雲之南有三江並流（怒、瀾、金）
是地球最後的淨土
德天瀑布是自然界山水畫廊
唯美空靈不能說
黃果樹瀑布是宇宙第一瀑
萬馬騰奔在各星際間
壺口瀑布從天上來
一條巨龍在此擺尾

黃土高原是龍族文明文化的搖籃
推動龍族走向世界的動力
五彩灣是大自然的現代派繪畫

小寨天坑是喀斯特「岩溶漏斗地貌」
天下一坑世無雙
織金洞是神州地下童話世界
三界幻景在這裡
香格里拉在雲之南
四大教派的人間淨土
石林聳立的黑森林是彝族寶地
世上唯一石林仙境
武陵源是生靈的樂園，由張家界
加天子山、索溪峪、楊家界共構成仙境
張藝謀的英雄夢在九寨溝

人間仙境住著熊貓和鴛鴦
稻城也是傳説中的香格里拉
碧藍鑲玉似非人間
黃龍金沙鋪地、千層碧水
人間瑤池稱「神州一絕」
塔克拉瑪干沙漠茫茫河海叫人愁
死亡之海有三千歲胡楊
將軍戈壁有四大奇蹟
魔鬼城、硅化木群、恐龍溝和石錢灘
火焰山當年困住唐僧一行
今見瓜果飄香水潺潺
壞滅樓蘭王國就在羅布泊
如今樓蘭姑娘又復活

魔鬼城是大自然所建造
《臥虎藏龍》、《英雄》來拍景
世界屋脊之屋脊是阿里
千山之巔、萬川之源在這裡
鳴沙山是塞外風光第一絕
絲路敦煌月牙泉稱奇天下
世界之最雅魯藏布大峽谷
地球最後秘境正在此
長江三峽雄奇清秀
神女十二峰楚楚動人
世界第三是怒江大峽谷
絕壁飛峰駿馬奔騰
祁連山草原蒼茫浪漫又廣闊
原來是「天之山」
壩上草原最美是秋天五彩

草原、湖泊、山川、峽谷和雲彩
呼倫貝爾「千里草原鋪翡翠」
風吹草低見牛羊
天涯海角真的有
南天一柱衝擊美帝航母

南海自古是龍族海上絲路
不久將成龍族游泳池
鼓浪嶼曾被十三個邪惡帝國竊佔
現在成了萬國建築博覽園
亞龍灣是東方夏威夷
三亞歸來不看海、除卻亞龍不是灣
東寨港有神州最大紅樹海上森林
是海岸衛士和綠色長城
香港離開父母百餘年

可憐現在仍有認同危機
平遙古城裡有十九世紀亞洲的華爾街
黃帝、蚩尤、大禹在這裡說故事
鳳凰古城是湘西明珠
土家族人靜臥沱江禪修
麗江古城是東方威尼斯
金沙白族有漢藏風
皖南古村落是東方文化的縮影
龍族古代建築博物館

福建土樓是客家傳統民居
現在是世界民居建築之奇葩
開平碉樓是軍民兩用建築
中西合璧建築風
江南古鎮中烏鎮獨具風韵

吳越春秋遺風仍在
屯溪老街是活動著的清明上河圖
一到屯溪就回到宋元明清
周庄是神州第一水鄉
龍族第一個寶貝
萬里長城就是一條神龍
能穿透時空不死之龍
龍族寶物滿故宮，一九四九大搬風
國家分裂變成空，寶物何時回宮中

天壇是明清兩代帝王祭天聖地
現存龍族最大壇廟建築群
布達拉宮是世界土木石建築典範
漢藏一家文成公主功勞大
承德離宮是滿清第二政治行政中心

世界皇家園林之最
孔廟、孔府、孔林
儒家思想是龍族合法性的認證書
武當山古建築群體現元明清三代建築藝術
龍族第一大道教名山
雲岡石窟是曠世無雙的藝術寶藏
一入石窟，見性成佛

龍門石窟體現佛教文化思想
佛法常在永恆新
大足石刻將儒、佛、道集為一體
體現龍族文化的包容性
蘇州園林是龍族古典園林設計的理想品質
有超自然的深邃意境
頤和園被西方蠻族大破壞

無數寶物被盜走
世界皇陵都在比大
龍族明清皇陵勢磅礡
李冰父子建造都江堰
何樣工程二千年仍好用

坎兒井是龍族地下萬里長城
使用二千年至今完好
京杭大運河打通神州南北龍脈
有助維持大一統
元陽梯田有七族人共生共榮
傣、壯、彝、哈尼、苗、瑤、漢
大興安嶺是龍族林業大寶庫
金雞冠上的綠寶石
神農架是神州東部最大原始林保護區

炎帝神農在此嘗百草
西雙版納有三大王國：植物、動物、藥材
傣族奇風，唯美浪漫
四姑娘山是東方阿爾卑斯山、蜀山皇后
宛如一派秀美的南歐風光
梵淨山由梵天淨土點化而來
國寶金絲猴的家園
扎龍是鶴類的故鄉和保護區
全球丹頂鶴僅一千多，這裡有七百多隻
臥龍是熊貓保護區
還有金絲猴、牛羚、白唇鹿都是神州之寶

7、時代埋葬地瓜、地瓜埋葬時代

金窩、銀窩
不如自己的地瓜窩
我們一行百般無奈回到地瓜島
日子雖不好混
吃地瓜也還能維持基本生命

地瓜島越來越荒涼
屬人的物種越來越少
當然在偽官府裡
有很多人形獸天天吃香喝辣

享用著沉魚落雁的地瓜
願意當走狗的地瓜也能享受榮華富貴
這是極少數的變數地瓜
地瓜異形
「異形」來自一種「胎毒」
這是後話吧

絕大多數的善良地瓜
飢寒交迫的流放著
僅在地瓜島上被流放
某種「放生」
大家自謀生活
我也只好自我放流
流於島之荒郊、山野、溪畔
偶爾仰頭找尋天空亮光

企圖理解一個時代的黑與白
然而，活在黑暗時代
何處有善良的白
所能感受到的
好像又活回了一八九五年
我感覺自己是長壽地瓜
十六世紀以後在地瓜島上
所有西洋鬼、東洋鬼幹過的壞事都看到過

數百年來
原來我並沒有死
但為什麼數百年來僅僅是一顆心死掉
心死人未死
是為了對時代表達抗議
乃至對時代絕望

黑暗時代一直在輪迴
才去不久
又來，持續很久
其他地方是否這樣？
不知道
只是地瓜島一直這樣輪迴
有史以來
島上地瓜沒有一天過好日子
真是天地不仁

可憐所有的地瓜
地瓜再賤也有權追求好生活
不是嗎？
地瓜不該受到這樣的懲罰
何況地瓜多麼純真善良

難到時代連一點純真善良的種子也要埋葬嗎？
答案若是
乾脆把勝利的強權也埋葬
地瓜雖然弱勢
但我們活過千百萬年
也證明地瓜生命力的強大
現在地球上很多物種都快滅亡了
滅亡的原因不外
強大和價值
地瓜族因弱勢和無價得以普遍繁殖
但也不能無限制忍耐
受無限制打壓

時代要埋葬地瓜
地瓜也埋葬時代

地瓜島上為什麼近三十年來
始終處於黑暗時代
都因少數的統治階層中了一種奇毒
名之曰「胎毒」
這種「胎毒」會改變物種的本質
改變基因，成為
一種「異形」
這種病毒傳染速度極快
毒性很強
中毒後就無解無救
雌性地瓜中毒後成為「妖女」
雄性地瓜中毒後成為「魔男」
所以，近三十年來統治地瓜島的
就是一群妖女魔男

牠們比外星異形可怕
這些妖女魔男
製造地瓜島上最長也最黑的黑暗時代
牠們最大的企圖就是
毒化所有的地瓜
最後埋葬所有的地瓜
絕大多數的地瓜心裡有數
有信心、有堅定意志
我們會抵抗到底
絕不被黑暗所埋葬
最終結果我們必將
埋葬黑暗時代
埋葬異形，清除胎毒
埋葬妖女男魔

使地瓜島重回清淨
重見光明

大家都很好奇的問：
到底誰埋葬了黑暗時代？
誰埋葬了異形？
誰埋葬了妖女男魔？
就是地瓜族嗎？
是地瓜族
地瓜族心裡有數
我們不出手
因果也會出手
惡有惡報
不是不報
時候未到

因果是宇宙定律
誰能破壞？

8、陣前起義的地瓜，視死如歸！

渾渾爾，噩噩爾
時序走到二十一世紀前葉
地瓜島的黑暗來到
黑暗盡頭
統治地瓜島的妖女男魔
全都發瘋了
地瓜島已然成為一座火燒島
欲燒毀島上一切
眾生在水深火熱中
掙奪一口有毒的豬肉

掙吸一口污染的空氣
掙飲一口已經不潔的水
偽官府裡的妖女魔男
瘋狂的喝酒、做愛
一場又一場酒宴
這妖魔、異形
牠們好像憎恨世界
就是要吃垮這個世界
搬空整個世界
在這之前
牠們先要吃垮地瓜島
幹完地瓜島上可以幹的
搬空地瓜島上可以搬的
然後毀滅地瓜島

神州已啓動救世軍
可以終結地球上所有的黑暗時代
首先要救地瓜島上尚未中毒的地瓜
畢竟大家同文同種
地瓜也是龍族一員
但那些已中「胎毒」的地瓜
想必是無救了
只能用火化除毒性
全要燒毀，以免再傳染
沒中毒的全都要救

有一批神勇又有氣節的地瓜
組成陣前起義敢死隊
視死如歸
配合神州王師來征

定能一舉消滅異形
清除所有胎毒
別了！地瓜島！
地瓜島的得救，就從死亡開始吧
偽官府已開始倒塌
別了！地瓜島
當我們死於戰場時
就是地瓜族的新生
全體地瓜族再度擁抱龍族
成為一家人
成為龍傳人

我是冷靜的地瓜
我一點也不激動
理性的最後獨白

寫下這些地瓜族「史記」
親人、朋友、同道們
雖然死了很多地瓜
死得其所
死得有價值
千百年來我也死了很多回
為我龍族壯大統一而死
死千百回也值得

死了千百回
我很清楚，我並沒有死
只是這一世的結束
這一世的事
要在這一世有個交待
交待這一世最後的獨白

機會就這一次
所以我別無選擇
要以史官的精神
提董狐之筆
客觀公正的寫好《地瓜史記》
所有陣前起義死難的地瓜
都是龍族的民族英雄
永遠享受龍族的禮敬和讚頌

至於我，我也準備走了
每個地瓜也都有自己的路
當然我仍在地瓜島
這一世還能去哪裡呢？
生命苦短
匆匆來去（說到底，無來亦無去）

似乎聽到許多地瓜的歡呼
龍族戰歌響徹雲霄
我內心的愛恨情仇都無影無蹤
因為這一世完成了自我實現
春秋大業終於有成
我可以放心的走
放心的迎接我的轉世
這是我最後的獨白
地瓜的最後，其實是沒有最後
沒有最後，在六道中流轉
或到了有一世
超出三界
解脫六道輪迴
那時當能深觀因緣法則

了知生命的緣起緣
如《入楞伽經》言：
諸因緣和合，愚痴分別生
不知如是法，流轉三界中

一世地瓜很短
但生生世世因緣很長
業力恆在
我的身口意作為我自當承擔
《光明童子經》言：
一切眾生所作業，縱經百劫亦不亡
因緣和合於一時，果報隨緣自當受

地瓜雖卑賤
這點悟力還是有

《眾許摩訶帝經》說
眾生之所作，善惡經百劫
因業不可壞，果報終自得
凡我地瓜族應戒慎警惕之

第二部 救 贖

0、救贖那些被鬼整死的亡者

救贖！
為救贖那些被小倭鬼子整死的亡者
那些被槍殺的男士們
被以各種方式殺害的女子們

救贖！為救贖！
小倭鬼子啓動
第一次滅華之戰
中國明萬曆「朝鮮七年戰爭」
第二次滅華之戰

甲午戰爭
第三次滅華之戰
民國抗日戰爭十四年
小倭鬼子
是外星生物的變種
不滅亡中國不罷休
那些死去的人
那些被小倭鬼子害死的亡者
從五百年前的明萬曆至今
誰去拯救他們
讓他們的靈魂得以安息

那些被小倭鬼子害死的亡者
何時得以救贖
救贖！轉世！
生生不息、永恆不朽

1、歷史不能忘

歷史都記載些什麼？
難到只有權力遊戲
統治者和政客的欲望嗎？
許多人都得到了失憶症
甚至有的故意裝出
得到阿滋海默症的樣子
住在台灣的一群炎黃子孫
更是變質了
選擇故意忘記同胞的苦難
原來妖女和魔男把島嶼

搞成漢奸島

但我相信大陸的中國人
不會忘記歷史
更不忘記同胞有過的苦難
才有「南京大屠殺紀念館」的成立
還有北朝鮮、南朝鮮
他們的人民永遠也不會忘記
小倭鬼子在朝鮮
一次一次，又一次……的
朝鮮大屠殺
不忘記那些被姦殺、被活埋
以及被捉去當慰安婦的女人們
是的，還有很多人記得

我記得
中國人、朝鮮人永恆不忘
那些死於倭鬼侵略的人
你們臨死之前的無助、痛苦
你們燃燒的胸中之火
驟然冰冷
瞬間絕望
國家救不了你！
黨派只顧著內鬥抓權搞錢
軍隊沒有戰力
偉大的領袖丟下子民
第一個逃跑

你心已死
死於身死之前

但你們的靈魂
幾十年、幾百年了
依然遊走於神州大地
等待一個救贖！
等待公平正義的誕生

2、中國魂、中國神

誰信神？
還是信命運！

若是信神
哪位神？
基督、瑪麗亞、上帝
你和他們言語不通
何況
你未事先信仰他們
西洋神不救東方人

是命運在作怪嗎
命運不在神裡！
命運在自己手上
三皇五帝、秦皇漢武以來皆如是
問問我們中國神
佛陀、觀世音、關聖帝君……
三公、玄天上帝，乃至土地公……
皆如是說
中國之命運
在中國人手裡
你生為中國人，死為中國魂

那些死難者
不管你是死於明萬曆朝鮮戰場

或死於甲午、或十四年抗日！
你是中國魂、中國神
你的神魂
活在今天大陸所有炎黃子民心中
我們
身心靈一體

3、神州大地就是母親

都已經這麼久了
死難者早已不知道轉世到哪個天
還牽掛著愛恨情仇
說不該有恨
是不是太過神話？
屬於小我個人的恨
可以放下
國家民族的恨都放下
是否等於遺忘
讓歷史一再重演

第四次、第五次……
亡華之戰

活著的人痛苦恐懼
那些死掉的人
死於明萬曆朝鮮戰場的
死於滿清甲午戰事者
死於民國抗日十四年之眾生
九泉之下仍不安

千百年來
我巡禮於神州大地
感受每一代中華子民的心聲
神州大地上的眾生

都是和諧的
只有小倭鬼子來了
長江黃河的水
才憤怒起來

為了將小倭鬼子
逐出神州
許多人視死如歸
死於山野
死於溝坑
沈於江河
不知道他們的姓名
就當做死於母親的懷裡吧
神州大地就是母親

4、爲他念一段經文

我聽說人死時
要為他念一段經文
引導轉世的途徑
「觀自在菩薩，行深般若
波羅蜜多時，照見五蘊……」
天啊！在那兵荒馬亂的年代
你祈天天不應
呼地地不靈

國家、黨派、軍隊都自身難保
誰能救你
眾神也顧不到你
現在念「觀自在菩薩……」
亡羊補牢吧

我自認是天命
因為我看見五百年來
小倭鬼子
為咱們中國人帶來的苦難
多於海洋之水
深於太平洋之淵底
閉上眼睛就看見
逃荒的人群
面黃肌瘦的孩子倒在路邊

哭泣！祈求！
在神州大地
在朝鮮、台灣、南洋……

是命運
或是天命！
或什麼都不是
只因你活在這裡
誰會關心一棵巨大的樹木
在枝葉上有一隻螞蟻
牠的生或死
誰記得長江、黃河
乃至漢江的一圈圈漣漪興起之始末

一切都難以想像

無從理解
千百年因果糾纏
因因果果
因中果、果中因……
而歷史太長
人命太短
因果太深妙
人的智慧又太粗淺
只能祈求：天保佑！
祈求同胞：勿忘我！

5、千年之夢要實現了

千百年來
星星、月亮、太陽
永恆執守職責
四季各有繁花
在大自然舞台上走秀
世界和平依然是神話
甚至更多戰亂
更可怕
似乎
地球隨時也要成為死難者

毀滅，或往生吧

面對殘酷的世界
小倭鬼子也活在恐懼中
驚天的恐懼
天天撞擊
小倭鬼子的每一顆心
恐懼列島將沈沒
沈亡於太平洋深淵

太好了，倭鬼要亡華
天譴倭鬼
沈其列島，亡其子民
這是對所有
五百年來的死難者

公平的回報
得以安息的安慰
我是誰？
我說的天意從何而來
無從理解說明的
就是天命
我是通靈者
我的神魂通往三皇五帝
通往炎黃心識
與中華民族之列祖列宗接心
故，我知天意
明白天命
茫茫神州
四季有風潮
卷起長江黃河浪濤

五嶽山神都醒了
中華民族要復興
中國夢要實現
死難者都忘了痛苦
笑活了

千真萬確的事
那些朝鮮戰場，甲午之戰
十四年抗倭
被屠殺而死的
炸死、餓死，所有戰亂而亡的……
姦殺死、斬頭死、活埋死……
慰安婦痛哭死……
所有因
小倭鬼子啓動戰爭的

古今死難者
聞説中華民族要復興
中國夢要實現
這好消息
傳播到陰陽兩界
廣傳三界二十八重天
所有死難者
服下一顆安慰的神藥
痛苦化為安息

中國人的千年之夢要實現了
炎黃老祖高興啊
死難者得救

6、你將如何去見你的列祖列宗

滾滾長江東流水
引我向東眺望
那倭國列島上
妖魔又醒了
口中唸唸有詞
自稱是豐臣秀吉
有的稱名是織田信長
唸著五百年前的老調：
「我不幸生在東洋小島
不能展現長才

今後要消滅中國
統一東亞……」

這可不是夢
活生生血淋淋的事實
許多中國人說
不知道、沒看到、從未聽聞
你心不在焉
腦子又被洋水洗過
你認賊做父
就是小倭鬼子殺到你家
你也沒看見

啊，這一代的中國人
你夢想著怎樣的人生

儘管人生如夢
你將夢見什麼？
實現怎樣的夢？
中國夢？倭國夢？美國夢？……
你將如何見你的列祖列宗？

你遲早得走上黃泉路
遇上那些死難者
遇上自己的先祖親友
剩下多少共同語言？

7、倭鬼不死，誰能安息！

走出「南京大屠殺紀念館」大門
再去看看雨花台、玄武湖……
走過無名的城堞
廣場的鴿飛舞著和平大旗
街道上是幸福的人們
這一代幸福的中國人
飢寒交迫已遠離
人們臉上展現信心
大家都在尋夢
我也在尋夢

走著、走著、走著
似已走回一九三八年
或一九四九年
一些似幻如夢的影像示現
倭軍在南京大屠殺
岡村寧次辦殺人比賽
百人斬……
該死的唐生智
戍守南京的中國軍隊司令官
死到哪裡去了……

為什麼這些影像常在我心
真實的存在
佛說
一切有為法

如夢幻泡影
但，為何夢幻不滅？
泡影亦不消逝！
是否因為死難者尚未得到拯救？

我知道了！？
死難者未死
身死靈識未死
都因兇手尚未伏法
兇手何在？
就是那些小倭鬼子
倭鬼不死
受害者如何安息！

8、向所有死難者行最敬禮

我是誰？
何樣因緣？
為何神州大地每個角落
每個景點、所有城鎮
四極、海空
我似已走過
才會常在我心

為何三皇五帝、孔孟李杜三蘇……
秦皇漢武、文天祥、岳飛……

與我那麼親切？？
我隨時能和他們溝通交流
喝茶飲酒
共話我中華民族傳奇史詩
說到小倭鬼子
企圖滅亡中國
千百年來不斷發動所謂
「亡華之戰」
列祖列宗無不痛恨
三皇五帝以下先聖先賢
無不主張必須消滅倭族
使其亡種亡國
這才是對那些死難者
最大的安慰
完全之救贖

我活著
牽掛著中華民族之復興！
盼望著中國夢之實現！
還有五百年來
那些死難者
他們的靈魂得救沒？
倭國尚未亡種亡族！
死難者如何救贖

愁啊！
舉杯交盞，酒！酒！
愁更愁！
抽刀斷水水更流
生活得過！日子得混！

你問我為何少有笑容？
因為我愛神州這片大地！
愛得深沈啊！
愛的刻骨銘心！
愛孔孟李杜三蘇！
愛得快要失去理性

愛得成為一種病
憎恨倭人
憎恨南蠻漢奸島
憎恨島上的妖女魔男
憎恨美帝
憎恨世界
因為這些濁惡
死難者才尚未獲得救贖

我放下酒杯
站好立正姿勢
在這清冽的夜
走出門外
向北致敬
向所有死難者行最敬禮

9、倭鬼又吃了熊心豹子膽

小倭鬼子的大刀
舉得高高
雪亮將月光反射虛空
許多死難者來不及道別
人頭已然滾落
落入許多萬人塚中
數百年依然死不瞑目

一顆顆人頭

被迫
別了！朝鮮山河
別了！神州大地
別了！中南半島
別了！太平洋
別了！南蠻小島
沒有人為你唸一段經文
沒有送行者
於是你絕不承認自己死了
絕不走過奈何橋
要把神識留在歷史
留給後世子孫
等待一個拯救的機會
要眼睜睜的看著

小倭鬼子的末日
列島沈亡
亡種亡族亡國

但是，尊敬的所有死難者
你們絕對想不到
我大中華之列祖列宗也想不到
那小倭鬼子
已經歷五百年時空
啓動三次
滅亡中國之戰
前後各方傷亡上看數億
而我中國不僅未亡
且更壯大
目前已然是亞洲盟主

未來更要主盟全球
小倭鬼子不干心
永不罷休
已啓動第四次亡華之戰
有幾個中國人知道
到南京街上隨機採訪幾位大學生
有幾個知道、想到？

按小倭鬼子的亡華大計
《大倭帝國與國聖戰計劃》戰略步驟
第一步是分裂中國
相機攻取朝鮮、台灣
滅亡中國後
征服亞洲
鞏固亞洲地位，稱雄世界
當然還有很多細節策略

總之，這小倭鬼子
吃了熊心豹子膽
不亡中國是不罷休的

10、富士山被撞碎

明萬曆朝鮮戰場一切眾生死難者
滿清甲午之戰一切眾生死難者
民國抗倭一切眾生死難者　以及
中南半島一切眾生死難者
南洋一切眾生死難者
台灣一切眾生死難者
所有倭國啓動侵略戰爭死難者
我知道
你們九泉之下仍不安
你們一直在等待

等待正義能夠回來
等待小倭鬼子的滅亡
等待一個救贖

我現在心平氣和
再理性不過了
我一點也不衝動
而是冷靜的說出我的天命
喚醒中華民族的民族精神
指出中國人之天命
就是要在廿一世紀中葉之前
消滅倭國
若遲疑或晚了一步
南京大屠殺
將再重演一回

消滅魔鬼只有一次機會
如同人生只有一回
生與死之間
中國人沒有別的選擇
為中華民族興盛發展
為全亞洲之永久和平
為維護人類尊嚴
倭種必須消滅

我苦思救贖之道
救贖所有死難者的靈魂
苦思一條孤獨之路
沿路看不到光
只有胸中燃起一團火

大火燒了千百年歷史
又驟然冰冷

面對全世界的黑暗
列祖列宗是一盞明燈
指引我
苦思救贖之道
指引我苦思人生的意義
生命的價值
中國人的春秋大業
中華民族的復興大道
與救贖死難者
其實正是同一條路

苦思至此

我雙眼射出巨大光芒
照見五千年中國史
歷史也照射我
照見一條救贖之路
我瞬間感到恐懼
恐懼那東洋列島濃縮成
大海中的一滴浪
富士山被撞碎
成為一片片白沙
躺在沙灘上嘆息
或哭泣
不久也溶合於神州大地上
幾斤土壤

11、老天爺寫的劇本

老天爺的劇本是這樣寫會
劇終也有了定局
如同人生只有一回
救贖的機會也只有一次
沒有上帝
所以也不是上帝的決定
只有因果一個簡單的真理
所謂自己做的事
自己承擔果業

小倭鬼子始終沒有被完全消滅
牠們死灰復燃
春風又生
壯大成一隻可怕的軍國主義妖獸
進而廢除了和平憲法
準備發動第四次亡華之戰
染指台灣只是序曲
牠們養了一批島內的妖女魔男
通過「助日大使」　以及
漢奸集團
出賣台灣利益
用「冷水煮青蛙」之計
使很多台灣年輕一代質變成倭人
未成倭人的
也從人類退化成類人

數百年來
倭人啓動亡華之戰受害者
無數的死難者
九泉之下不安啊！
難到陰陽兩界都等不到公平正義的誕生
等不到一個救贖？？
倭人不亡，死難者的救贖
永遠不會出現
活著的人
人人自危

因果終要有個解決
二十一世紀的中國人有個天命
應於本世紀中葉前

相機以核武消滅倭人
令其亡種亡族亡國
收該列島為中國之扶桑省
完成吾國在
元朝未完成的使命
同時以假道伐虢之策
武統台灣
這是中國最後一次統一
包含統一扶桑列島
從此以後
亞洲永久和平
亞洲各國女人們可以安心睡覺
不必擔心小倭鬼子來了
把你抓去當慰安婦
男人們不害怕死於荒野

或葬身太平洋
如是，那星星、月亮、太陽
笑得嘴巴合不攏
從此以後過著幸福美滿的日子

12、完成天命，就是救贖

我是誰？
為何我能和三皇五帝通靈？
我是誰？
為何我知曉炎黃天機？
我是誰？
我的幾十年怎會等同中華五千年？
我是誰？
為何神州大地山河
存在我的一滴淚裡！
我是誰？

為何十四億中國人與我接心
我是誰？
那些死難者知道將可得救
救贖已然來臨
我是了知天命的人
中華民族的僕人

我來去匆匆
去了也不帶走一片雲彩
只隨自己的業路漂流
只把廿一世紀中國人的天命
留在人間
留在十四億同胞心中
內化成炎黃的基因
完成天命之日

就是救贖時

我是誰？
我是我自己的國王
為一個救贖
而生、而行
而存在
而死
再轉世到神州某一人家
仍為自己的國王
只為檢視
一個救贖
一個中華民族的使命
中國人之天命
是否已經完成實踐？？

附錄：神之州絕美勝景簡介

珠穆朗瑪峰　全球最高　萬山之聖山

位置：神之州與尼泊爾交界，海拔：八八四四米。

貢嘎山　蜀山之王　海拔：七五五六米。

位置：四川省甘孜藏族自治州瀘定、康定、九龍三縣境內。一萬餘平方千米。

博格達峰　天山明珠　海拔：五四四五米。

天山山脈東，新疆昌吉州境內。

梅里雪山　雪山太子

在雲南省德欽縣東北，三江（金沙江、瀾滄江、怒江）並流地區。

泰山　五岳之首　天下第一山

位於山東省中部，古稱：岱山、岱岳、岱宗、泰岳。從秦始皇開始，有七十二位帝王到泰山舉行封禪祭典大禮，乃我龍族精神文化象徵。
華山　天下第一奇險山　海拔：二二〇〇米。
位置：陝西省華陰縣境內，陝、晉、豫黃河金三角交匯處。
峨眉山　佛教四大名山之一　海拔：三〇九九米。
在四川盆地內，佛家稱「銀色世界」。
五台山　佛教四大名山之一（另三：峨眉山、九華山、普陀山）。文殊菩
薩的道場。
位置：山西省五台縣，面積約三百平方千米。
黃山　五岳歸來不看山，黃山歸來不看岳
在安徽省南部，主要山峰有：天都峰、蓮花峰、光明頂，海拔都在一千八
百多米。
武夷山　華東大陸屋脊
在福建省西北部，有三十六奇峰、三十三秀水。
廬山　海拔：一四七四米。
在江西省九江市，龍族文明發源處之。

長白山天池　天池水面海拔：二一八九米。

在吉林省東南，三江（松花江、鴨綠江、圖門江）之源，龍族生態自然保護區。

天山天池　池面海拔：一九八〇米。

在新疆省阜康縣，古稱西王母的「瑤池」。

納木錯　湖面海拔：四七一八米。

在西藏當雄和班戈縣境內，龍族第二大鹹水湖，世界最高鹹水湖。面積：一九二〇多平方千米。

青海湖　龍族最大內陸湖　海拔：三一九六米。

位於青藏高原，面積：四五〇〇平方千米。

喀納斯湖　湖面海拔：一三七〇米。

在新疆布爾津縣北，面積：四十五平方千米。

西湖　龍族浪漫唯美，故事最多的湖。

在浙江杭州，面積：六〇平方千米。

茶卡鹽湖　湖面海拔：三〇五九米。

在青海省，面積：一〇五平方千米。
肇慶星湖　有七星岩、鼎湖山兩大景區
位在廣東肇慶市，為世界自然保護區。
洱海　湖面海拔：一九〇〇米。
雲南省北起洱源縣，南到大理市。湖面積：二五一平方千米。有三島四洲
五湖九曲自然勝景。
漓江　典型的中國水墨畫　美景如夢如幻
在廣西桂林，壯族自治區東北部，全長一六〇千米，譽為世上最美的河流。
塔里木河　神州第一大內陸河
在新疆塔里木盆地，長二一七九千米。
三江並流（怒江、瀾滄江、金沙江合流處）
雲南省西北部，全區約四萬平方千米，為地球最後淨土。
德天瀑布　大自然的山水畫廊
在廣西大新縣碩龍鄉德天村，亞洲第一大瀑布。
黃果樹瀑布　神州第一瀑

在貴州省鎮寧、關嶺兩縣境內。

壺口瀑布　神州第二大瀑布

在山西省吉縣城，黃河壺口瀑布。

黃土高原　海拔平均一——二千米。

位於神州中部偏北，跨越七省區，太行山以西、青海日月山以東、秦嶺以北、長城以南廣大地區。總面積約六十四萬平方千米。

五彩灣　有五彩城、火燒山、化石溝三大景區。

在新疆省吉木薩爾縣北，大自然抽象畫廊。

小寨天坑　天下第一坑　屬喀斯特地貌

位於重慶市奉節縣荊竹鄉小寨村。深六六六米，坑口直徑六二二米，坑底直徑五二二米。

織金洞　織金天宮　龍族地下童話世界

在貴州省織金縣東北，神州地下藝術宮殿。總長十二千米，總面積七十多萬平方米。

香格里拉　《消失的地平線》所述永恆寧靜之地

在雲南省西北的迪慶，藏語是「吉祥如意的地方」。二〇〇一年，迪慶已
改名香格里拉縣。

石林　與北京故宮、西安兵馬俑、桂林山水，為神州四大旅遊勝景。
在雲南省石林彝族自治縣內，譽稱「天下第一奇觀」，亦是喀斯特地貌。

武陵源（張家界、天子山、索溪峪、楊家界）
位於湖南省武陵山脈中，面積約三七〇平方千米，大自然的人間仙境。

九寨溝　海拔：二千到四千三百米。
在四川省阿壩藏族羌族自治州，美麗如童話世界，神州自然林保護區。

稻城　也是傳說中的香格里拉
位於四川省甘孜藏族自治州南部，總面積：七三〇〇平方千米。

黃龍　自然形成的金色巨龍
位在四川省松潘縣境內，有「人間瑤池、中國一絕」之美稱，神州現代冰
川保護區，大熊貓棲息地。

塔克拉瑪干沙漠　世界第二大沙漠
在塔里木盆地中心，總面積約三十四平方千米。維吾爾語是「進去出不來」，

亦叫「死亡之海」，有「三千歲胡楊樹」，即「出生後千年不死、死後千年不倒、倒後千年不腐爛」。

將軍戈壁（魔鬼城、硅化木、恐龍溝、石錢灘）

在準噶爾盆地東部，面積約一千平方千米。得名於吾龍族唐代有一將軍率兵在此與西突厥人決戰，境內有一將軍廟（已倒塌），地名得以流傳。

火焰山　《西遊記》中困住唐僧一行之地

在新疆吐魯番盆地北部，神州最熱的地方，海拔五百米，地面最高溫達七十度C以上。

羅布泊　樓蘭古國和樓蘭姑娘在此

在新疆若羌縣東北，東接敦煌，西連塔克拉瑪干沙漠，古絲路必經之地。面積約二四〇〇平方千米。

烏爾禾魔鬼城　大自然建造的城

在新疆克拉瑪依市烏爾河區，《臥虎藏龍》、《英雄》在此拍片。

阿里　千山之巔、萬山之源、西藏的西藏

在青藏高原北部羌塘高原核心地帶，世界屋脊之屋脊，佛教之「世界中心」。

鳴沙山　　敦煌盛景、月牙泉，塞外風光第一絕
在甘肅敦煌市西南，沙鳴沙歌，大自然的神曲，「鳴沙山怡性，月牙泉洗心」。

雅魯藏布江大峽谷　　世界第一大峽谷
在西藏東南，平均海拔三千米以上，侵蝕下切五千三百米，世上最高最長大峽谷。

長江三峽（瞿塘峽、巫峽、西陵峽）
總長約一九二千米，三里一灣、五里一灘，名勝古蹟和自然美景無數。

怒江大峽谷　　世界第三大峽谷
在中緬邊境，峽谷兩岸平均海拔三千米以上。這裡生活著十多種龍族：傈僳、怒、獨龍、白、漢、普米、納西、藏、彝、傣、景頗各民族。

祁連山草原　　北方最豐美的草原
青海和甘肅省交界處，面積約二一〇〇平方千米。

壩上草原　　秋天五彩最美：草原、湖泊、山川、峽谷和藍天白雲。
在河北豐寧滿族自治縣，面積三五〇平方千米。

呼倫貝爾草原　　綠色淨土

在內蒙古東北、大興安嶺以西，總面積約九萬多平方千米。「千里草原鋪翡翠」，北方民族成長的搖籃。

天涯海角　　古代罪人流放地

海南三亞市，現在是世界最美的椰影、陽光、沙灘、海浪，世界選美聖地。

南海　　龍族的內湖游泳池。

龍族正在大力建設，增強戰力，美帝和邪惡西方國正要啟動「新八國聯軍」，入侵龍族領地。

鼓浪嶼　　福建廈門市思明區一小島

曾是十三個西方帝國的殖民地，留下許多「國恥」，成為今之「萬國建築博覽館」。

亞龍灣　　東方夏威夷　　天下第一灣

在海南省南部，「三亞歸來不看海、除卻亞龍不是灣」，是世界級旅遊勝景聖地。

東寨港　　神州最大紅樹林保護區

在海南省瓊山，面積四十平方千米。區內紅樹有十科十八種。（全世界有
廿四事科八十二種）
香港　可憐被邪惡西方帝國殖民百餘年
至今仍不知自己是「龍的傳人」，《國安法》執行後會有立竿見影成效。
平遙古城　神州保存最好的古代縣城
在山西省中部，面積約三平方千米，始建於周宣王時期，至今有三千年了。
鳳凰古城　湘西明珠
湖南土家族苗族自治州鳳凰縣，面積約六平方千米。
沈從文西著《邊城》的世界，真善美之淨土。
麗江古城　高原姑穌、東方威尼斯
在雲南省麗江縣，面積約四平方千米。
皖南古村落　東方文化縮影　古代建築博物館
在安徽省黃山市，為世界文化遺產，《臥虎藏龍》在此取景甚多。譽稱「中
國畫裡的鄉村」。
福建土樓　軍民雙用的城堡建築

在福建、廣東、江西三省交界，盛譽「世界民居建築奇葩」。也是一千多年來，客家遷居的建築文明。

開平碉樓　源自明朝末年，中西合璧建築

在廣東省開平市，軍民雙用，集體防衛建築。

烏鎮　江南古鎮中俱特色風采

在浙江省桐鄉市，面積約七十二平方千米。建鎮始於唐代，但六千年前已有龍族先祖在此定居。

屯溪老街　宋代建築　明清街道風采

在安徽黃山市，有「活動著的清明上河圖」美譽，老街也叫「宋城」，全長八三二米。

周庄　中國第一水鄉

在江蘇省昆山市，小橋、流水、人家的人間仙境。

萬里長城　永恆駐守神州的巨龍

東起遼寧省，西到甘肅省，全長約七千多千米，中間經過九個省。

北京故宮　世界規模最大而完整的古代宮殿

面積約七平方千米，原名「紫禁城」，始建於明永樂年間。明、清兩代二
十四位皇帝，在此登基繼位，其宮內寶物很多在地瓜島故宮，遲早要回歸。

天壇　神州現存最大壇廟建築群
在北京崇文區西南，明清皇帝祭天聖地，總面積二十七平方千米，始建於
明嘉靖時。

布達拉宮　世界十大土木石經典建築之一
在西藏拉薩市西北郊區，為藏族古建築藝術寶庫，始建於公元六世紀，歷
代再擴建。也是地球上海拔最高的大型古建築，西藏政教中心。

承德避暑山莊及周圍廟宇
在河北省承德市，又叫：承德離宮或熱河行宮，是滿清第二政治中心，龍
族建築文化之寶庫，世界重要文化遺產。

孔廟、孔府、孔林　衍聖公府
孔子死後一年，周敬王四十二年（前四七八年），魯哀公下令祭祀孔子，
把孔子住屋當廟宇。二千五百年來擴建到現在的規模，儒家思想成為「正
統中國」證據。

武當山古建築群　　龍族第一大道教名山

在湖北省丹江口市，元、明、清三代建築藝術經典，在「天下第一仙山」之說。

雲岡石窟　　曠世無雙的佛教思想和藝術體現

在山西大同市西郊，洞窟數量二百五十二座，始建於北魏，有一千五百年歷史了。

龍門石窟　　龍族三大石窟之一

始建於北魏，在河南洛陽南郊伊河岸邊，全長一千多米，佛教文明文化寶庫。

大足石刻　　儒、佛、道三家集一體

始建唐代，在重慶大足縣，佛像五萬多座。

蘇州園林　　江南園林甲天下　　蘇州園林甲江南

在江蘇省蘇州市，最早是春秋時代吳王園囿，此後歷代有修建，已二千多年歷史。體現龍族古典園林設計的理想品質，彰顯中華文明文化的意象美。

頤和園　　龍族古典園林　　邪國西方帝國大搶劫

園中寶物現仍在英美法德等博物館，何時能回歸？

明清皇家陵墓　　江蘇、湖北、河北、遼寧都有
　主要：明顯陵、清東陵、清西陵、明十三陵、明孝陵、清福陵、昭陵、永
　陵等。
都江堰　　秦昭王時李冰任蜀郡第四任太守修建，至今完好，有「鎮川之寶」
　美譽，永久解決了岷江水患的問題，這是世界水利工程的明珠。
坎兒井　　龍族的「地下長城」
　在新疆吐魯番，是神州第三大歷史工程，也有二千多年歷史了。
京杭大運河　　春秋時代吳王夫差始建
　南起浙江杭州，北到北京通州北關。貫通南北六省市，連接錢塘江、長江、
　淮河、黃河、海河五大水系，有助神州維持大一統局面。
元陽梯田　　從海拔一百多到二千多
　在雲南元陽縣，面積：一一三平方千米。由低海拔到高海拔分布各民族居
　住生活，傣族、壯族、彝族、哈尼族、苗族、瑤族，漢族住城鎮或公路沿線。
大興安嶺　　金雞冠上的綠寶石
　在內蒙和黑龍江北部，是神州林業資源寶庫，北方民族成長發源地。
神農架　　華中屋脊

在湖北、陝西、四川三省交界，神州東部最大原始林和國家自然保護區，神農炎帝曾在這裡嘗百草。

西雙版納　植物、動物、藥材三大王國

在雲南西南部，傣族是此區主要民族，另有漢、瑤、哈尼等十三個族。

四姑娘山　東方阿爾卑斯山、蜀山皇后

在四川西部小金、汶川兩縣間，國家生態保護區，宛如一派秀美的南歐風光。

梵淨山　梵天淨土　佛光普照

在貴州省江口、松桃、印江三縣交界，總面積：五六七平方千米。

扎龍　鶴類保護區

在黑龍江省齊齊哈爾市，面積：二一〇〇平方千米。「鶴的故鄉」，神州生態保護區。

臥龍　熊貓基地

在四川省汶川縣，總面積：七千平方千米。

位於神州邊陲之地瓜島也有不少勝景，如阿里山、日月潭、太魯閣、野柳……及及玉山、雪山、大霸、嘉明湖等，亦吾龍族寶地，簡介從略。

陳福成著作全編總目

壹、兩岸關係

①決戰閏八月
②防衛大台灣
③解開兩岸十大弔詭
④大陸政策與兩岸關係

貳、國家安全

⑤國家安全與情治機關的弔詭
⑥國家安全與戰略關係
⑦國家安全論壇。

參、中國學四部曲

⑧中國歷代戰爭新詮
⑨中國近代黨派發展研究新詮
⑩中國政治思想新詮
⑪中國四大兵法家新詮：孫子、吳起、孫臏、孔明

肆、歷史、人類、文化、宗教、會黨

⑫神劍與屠刀
⑬中國神譜
⑭天帝教的中華文化意涵
⑮奴婢妾匪到革命家之路：復興廣播電台謝雪紅訪講錄
⑯洪門、青幫與哥老會研究

伍、詩〈現代詩、傳統詩〉、文學

⑰幻夢花開一江山
⑱赤縣行腳・神州心旅
⑲「外公」與「外婆」的詩
⑳尋找一座山
㉑春秋記實
㉒性情世界
㉓春秋詩選
㉔八方風雲性情世界
㉕古晟的誕生
㉖把腳印典藏在雲端
㉗從魯迅文學醫人魂救國魂說起
㉘六十後詩雜記詩集

陸、現代詩（詩人、詩社）研究

㉙三月詩會研究
㉚我們的春秋大業：三月詩會二十年別集
㉛中國當代平民詩人王學忠
㉜讀詩稗記
㉝嚴謹與浪漫之間
㉞一信詩學研究：解剖一隻九頭詩鵠
㉟囚徒
㊱胡爾泰現代詩臆說
㊲王學忠籲天詩錄

柒、春秋典型人物研究、遊記

㊳山西芮城劉焦智「鳳梅人」報研究
㊴在「鳳梅人」小橋上
㊵我所知道的孫大公

2015 年 9 月後新著

編號	書名	出版社	出版時間	定價	字數（萬）	內容性質
81	一隻菜鳥的學佛初認識	文史哲	2015.09	460	12	學佛心得
82	海青青的天空	文史哲	2015.09	250	6	現代詩評
83	為播詩種與莊雲惠詩作初探	文史哲	2015.11	280	5	童詩、現代詩評
84	世界洪門歷史文化協會論壇	文史哲	2016.01	280	6	洪門活動紀錄
85	三搞統一：解剖共產黨、國民黨、民進黨怎樣搞統一	文史哲	2016.03	420	13	政治、統一
86	緣來艱辛非尋常－賞讀范揚松仿古體詩稿	文史哲	2016.04	400	9	詩、文學
87	大兵法家范蠡研究－商聖財神陶朱公傳奇	文史哲	2016.06	280	8	范蠡研究
88	典藏斷滅的文明：最後一代書寫身影的告別紀念	文史哲	2016.08	450	8	各種手稿
89	葉莎現代詩研究欣賞：靈山一朵花的美感	文史哲	2016.08	220	6	現代詩評
90	臺灣大學退休人員聯誼會第十屆理事長實記暨2015～2016 重要事件簿	文史哲	2016.04	400	8	日記
91	我與當代中國大學圖書館的因緣	文史哲	2017.04	300	5	紀念狀
92	廣西參訪遊記（編著）	文史哲	2016.10	300	6	詩、遊記
93	中國鄉土詩人金土作品研究	文史哲	2017.12	420	11	文學研究
94	暇豫翻翻《揚子江》詩刊：蟾蜍山麓讀書瑣記	文史哲	2018.02	320	7	文學研究
95	我讀上海《海上詩刊》：中國歷史園林豫園詩話瑣記	文史哲	2018.03	320	6	文學研究
96	天帝教第二人間使命：上帝加持中國統一之努力	文史哲	2018.03	460	13	宗教
97	范蠡致富研究與學習：商聖財神之實務與操作	文史哲	2018.06	280	8	文學研究
98	光陰簡史：我的影像回憶錄現代詩集	文史哲	2018.07	360	6	詩、文學
99	光陰考古學：失落圖像考古現代詩集	文史哲	2018.08	460	7	詩、文學
100	鄭雅文現代詩之佛法衍繹	文史哲	2018.08	240	6	文學研究
101	林錫嘉現代詩賞析	文史哲	2018.08	420	10	文學研究
102	現代田園詩人許其正作品研析	文史哲	2018.08	520	12	文學研究
103	莫渝現代詩賞析	文史哲	2018.08	320	7	文學研究
104	陳寧貴現代詩研究	文史哲	2018.08	380	9	文學研究
105	曾美霞現代詩研析	文史哲	2018.08	360	7	文學研究
106	劉正偉現代詩賞析	文史哲	2018.08	400	9	文學研究
107	陳福成著作述評：他的寫作人生	文史哲	2018.08	420	9	文學研究
108	舉起文化使命的火把：彭正雄出版及交流一甲子	文史哲	2018.08	480	9	文學研究
109	我讀北京《黃埔》雜誌的筆記	文史哲	2018.10	400	9	文學研究
110	北京天津廊坊參訪紀實	文史哲	2019.12	420	8	遊記
111	觀自在綠蒂詩話：無住生詩的漂泊詩人	文史哲	2019.12	420	14	文學研究
112	中國詩歌墾拓者海青青：《牡丹園》和《中原歌壇》	文史哲	2020.06	580	6	詩、文學
113	走過這一世的證據：影像回顧現代詩集	文史哲	2020.06	580	6	詩、文學

114	這一是我們同路的證據：影像回顧現代詩題集	文史哲	2020.06	540	6	詩、文學
115	感動世界：感動三界故事詩集	文史哲	2020.06	360	4	詩、文學
116	印加最後的獨白：蟾蜍山萬盛草齋詩稿	文史哲	2020.06	400	5	詩、文學
117	台大遺境：失落圖像現代詩題集	文史哲	2020.09	580	6	詩、文學
118	中國鄉土詩人金土作品研究反響選集	文史哲	2020.10	360	4	詩、文學
119	夢幻泡影：金剛人生現代詩經	文史哲	2020.11	580	6	詩、文學
120	范蠡完勝三十六計：智謀之理論與全方位實務操作	文史哲	2020.11	880	39	文學研究
121	我與當代中國大學圖書館的因緣（三）	文史哲	2021.01	580	6	詩、文學
122	這一世我們乘佛法行過神州大地：生身中國人的難得與光榮史詩	文史哲	2021.03	580	6	詩、文學
123	地瓜最後的獨白：陳福成長詩集	文史哲	2021.07	240	3	詩、文學

陳福成國防通識課程著編及其他作品

（各級學校教科書及其他）

編號	書　　名	出版社	教育部審定
1	國家安全概論（大學院校用）	幼　獅	民國 86 年
2	國家安全概述（高中職、專科用）	幼　獅	民國 86 年
3	國家安全概論（台灣大學專用書）	台　大	（臺大不送審）
4	軍事研究（大專院校用）	全　華	民國 95 年
5	國防通識（第一冊、高中學生用）	龍　騰	民國 94 年課程要綱
6	國防通識（第二冊、高中學生用）	龍　騰	同
7	國防通識（第三冊、高中學生用）	龍　騰	同
8	國防通識（第四冊、高中學生用）	龍　騰	同
9	國防通識（第一冊、教師專用）	龍　騰	同
10	國防通識（第二冊、教師專用）	龍　騰	同
11	國防通識（第三冊、教師專用）	龍　騰	同
12	國防通識（第四冊、教師專用）	龍　騰	同

註：上除編號 4，餘均非賣品，編號 4 至 12 均合著。　　　編號 13 定價 1000 元。